니나의 마법서랍

작가의 말

　저는 아주 오래전, 우연히 도박의 비밀을 듣고 말았습니다. 슬롯머신 판매 직원이 말하는 '기계의 필승 원리'와 불법 게임장 운영자가 말하는 '당첨자 조작법'이었는데, 중독자의 이야기도 아니고 중독을 만들어내는 사람의 이야기를 우연히 두 번이나 듣게 되다니 참 신기한 경험이다 싶었지요.

　그 뒤로 오랜 세월이 흘러 전 만화가가 되었고, 『가담항설』이라는 만화를 완결한 뒤 태블릿PC를 하나 사게 됩니다. 그리고 바로 그 태블릿PC가 제게 이 만화를 그리게 만들었죠. 새로 산 태블릿PC에는 고유의 전화번호가 있었는데, 그 번호의 이전 주인이 (아마도) 심한 도박중독자였던 것입니다. 끝없이 날아오는 불법 광고와 영업 문자, 전 주인을 찾는 수많은 전화를 전부 차단하면서, 과거에 제가 도박의 비밀을 듣게 된 건 우연이 아니었을지도 모른다는 생각이 들었습니다. 이런 비밀을 우연히 들을 수 있을까? 그것도 두 번이나? 내가 이 번호를 갖게 된 건? 내가 마침 만화가가 된 건? 그래서 저는 '중독'에 관한 만화를 그리기로 했습니다.

　단순히 도박에 한정된 게 아닌 '중독' 그 자체를 다루려고 마음먹은 이유는, 현시대를 살아가는 수많은 사람이 크든 작든, 심각하든 가볍든, 의식하든 못 하든, 무언가에 중독되어 있기 때문입니다. 아마 대부분의 현대인은 핸드

폰에 중독되어 있을 거라 생각합니다. 마약이나 도박, 알코올중독자는 자신과 다른 세계의 사람이라고 생각하면서 말이죠. 물론 전자와 후자는 중독의 강도나 위험성이 다르지만, 결국 자신의 진짜 인생을 빼앗기고 있다는 점에선 치명적인 공통점이 있다는 생각이 드는 것입니다. 그래서 이 만화를 통해 독자분들께서 '중독'에 관해서만큼은 반사적인 불쾌감을 체득하시길 바랐습니다.

영화 「죠스」를 보고 나면 상어가 10배는 더 무서워지듯이 이 만화를 보시고 '중독'이 조금은 더 무서워지셨기를, 또 이 작품에서는 중독을 어떻게 이겨낼 것인지도 함께 이야기하고 있으니 어려울지언정 불가능한 게 아니라는 희망과 용기 또한 얻으셨기를 바랍니다. 감사합니다.

여러분 왕 사랑!
우리 존재 파이팅!!!

랑또 드림

4권

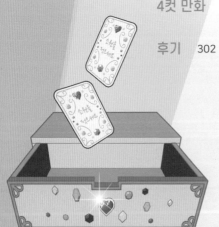

13

일개 도박꾼일 뿐

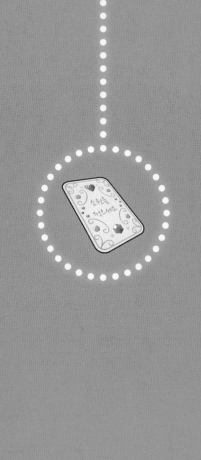

하지만,
방금 니나 씨가

서랍에
한 번이라도 들어간
사람은

그렇지 않은 사람과
완전히 다르다고
했잖아요.

그런데 지금 저보고
서랍에 들어가라는
거예요?

그… 그건…
저 서랍이

현실에서
이룰 수 없는 걸
이뤄주니까

중독되기 쉬워서
한 말이에요.

하… 하지만
저처럼 그냥-

복권 번호를
미리 본 것 외에

다른 건
아무것도 안 한
사람은

중독될
이유가 없어요!

현재 씨도
그냥

범인이
서랍 안에 갇혀있는지만
확인하려는
거잖아요.

그러니까
괜찮아요!

하지만 니나 씨는 결국
복권에 당첨되지
않았잖아요.

주식도
도박도 전부
실패했다면서요.

근데 저 서랍이
보여주는 걸 어떻게
믿으라는 거죠?

어… 어…
그… 그게…

진짜!
진짜는 꺼낼 수
있으니까요!

만약 범인이
진짜로 서랍 안에
갇혀있는 거라면-

서랍에서
현실로 꺼낼 수
있잖아요!

그 말은…

반대로
얘기하면…

범인을 현실로
꺼내야만

진짜인지
확인할 수 있다는
거잖아요…?

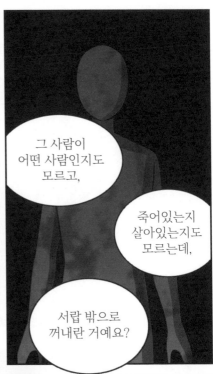

그 사람이
어떤 사람인지도
모르고,

죽어있는지
살아있는지도
모르는데,

서랍 밖으로
꺼내란 거예요?

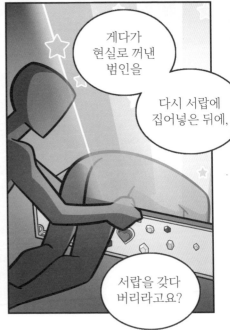

게다가
현실로 꺼낸
범인을

다시 서랍에
집어넣은 뒤에,

서랍을 갖다
버리라고요?

그건
말도 안 돼요.

그냥
김 주임만
꺼내고,

서랍은 제가
바다에 가져가서
버릴게요.

범인을 꺼내기
싫은 건 아니고요?

‼️

현재 씨 말처럼
모든 걸 현실에서
해결해야 한다면,

현재 씨도
서랍에서 범인을
꺼내서-

돈을 돌려
받든, 경찰에
신고하든,

몇 대
패주든 하면
되잖아요!

평생 불안하게
사는 것보다

범인을 꺼내는 게
더 싫은 거예요?

철컥―

!!

이 얘긴 그만해요.

일단 어떻게 이 안에 들어갈지부터―

철컥―

김 주임!!!

휙―

현재 씨!!! 잠깐만요!!!!

!!

현재 씨!!!!

현재 씨!!!!

언니가-

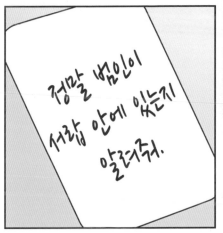

정말 범인이 서랍 안에 있는지 알려줘.

고맙지?

어어…

이제 현실에서도 도와줄 사람이 없어서 어떡해?

불쌍하니까 내가 서랍에 넣어줄게.

어…

어…!

사… 사… 살려주세요!!

언니, 제가 잘못했어요!!

다신 서랍 근처에 얼씬도 안 할게요!!!

제발
살려주세요!!

싹-

싹-

언니,
있잖아.

내 전 남친이
원래

공사판에서
일했었거든.

그 안에
저 서랍이
들어있었대.

근데
어느 날

건물 벽을
허물었더니

혹시 안에
뭐 대단한 거라도
들었나 싶어서

몰래 숨겨가지고
집에 들고 왔는데,

저 카드
나부랭이 3장이
들어있는 거야.

고생 고생을
해서

서랍을
딱 열었더니!

콰!!!

내가 장난삼아
소원을 적어
넣었더니-

자기가 가져와놓고
욕을 욕을 하길래,

둘이 같이
딸려 들어갔네?

그 뒤로는 뭐~
너도 알 거 아냐.

둘 다 정신
못 차리고 서랍에서
살았지.

보니까 남친이
일하던 공사장
작업반장이더라고.

현실에선
작업반장한테 욕먹고
무시당했으니,

서랍에선
반대 입장이 돼서
화풀이한 거지.

그래서 그동안
저 작업반장한테

쌓인 게
많았었나 보다
했더니-

학창 시절부터 공부 잘해서

성공해서 잘나가던 친구,

학교 다닐 때 싸움 잘해서 으스대던 친구,

심지어는 생전 만난 적도 없는 연예인까지 불러서

신나게 괴롭히는 거야.

그래서 깨달았지.

아, 얘는-

근데 웃긴 게
뭔지 알아?

어느새
그걸

내가 따라 하고
있는 거 있지?

나도 평생을
무시만 당해서 그런가
기분 째지더라?

사람이 보고 듣는 게 이렇게 중요해.

욕하면서도 따라 하게 된다니까?

언니, 제가 잘못했어요. 제발 살려주세요!

저 어차피 서랍 버리려고 했어요!

저 진짜 서랍 필요 없으니까 제발 살려주세요!

언니.

이 서랍에서 만든 것 중에

유일하게 현실로 가지고 나올 수 있는 게 뭔지 알아?

그래서
일을 못 해,
언니.

서랍에서
내 맘대로 하는 게
버릇이 돼서.

남이 조금만
뭐라 해도 참을 수가
없거든.

처음엔
남친이랑 나랑

시간
딱 정해서,

서랍도 반반
교대로 쓰고,

시간은 또
더럽게 안 가요.

일하는 시간이
두 배로 늘어난
기분이라니까?

돈도 교대로
벌어 오기로
했거든?

근데 둘 다
백수 되기까지
꼴랑 한 달 걸렸어.

그 뒤론 하루 종일
방에 처박혀서

상대가
서랍에서 나오기만
기다리는 거지.

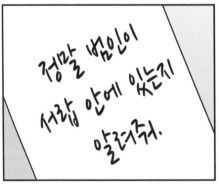

정말 범인이
서랍 안에 있는지
알려줘.

어제 니가
구해 온 돈은
내가 위자료인 셈
칠게.

범인이
정말…

서랍 안에
있구나…!

아…

자기야,
잘 가~

복권은 처음에
찔끔 당첨되다
말았는데,

그 당첨됐던
기억 때문에

주식,
코인 하다가
다 말아먹고,

도박까지
손대는 데 3개월
걸렸어.

월세,
공과금 다 밀려,

대출에,
카드빚에
사채까지 쓰고,

집주인은
방 빼라는데
돈은 없지,

쾅!!

쾅!!

야!!
문 열어!!!

쾅!!

사채업자들은
집에 막 찾아오지,

허구한 날
서로 돈 벌어 오라고
싸우고,

서랍에서 나오기로
약속한 시간 안 지켜서
싸우는데,

이 새끼가
서랍에서 사람
그렇게 패더니

현실에서도
사람 우습게
때리더라?

근데 내가 언니 말 믿고 보내줄 수 있겠어?

내가 남친 서랍에 집어넣고

유일하게 후회하는 게 뭔지 알아?

아~ 현실에서 죽여서 넣을걸.

이제 와서 죽이려고 다시 꺼낼 수는 없잖아?

그러니까 이번엔 확실히 죽여서 넣어야지!

이...
XXX이!!!

악!!!!

악!!!!

이 XX…

이 XXX이…

내가 남친
서랍에 집어넣고

유일하게
후회하는 게
뭔지 알아?

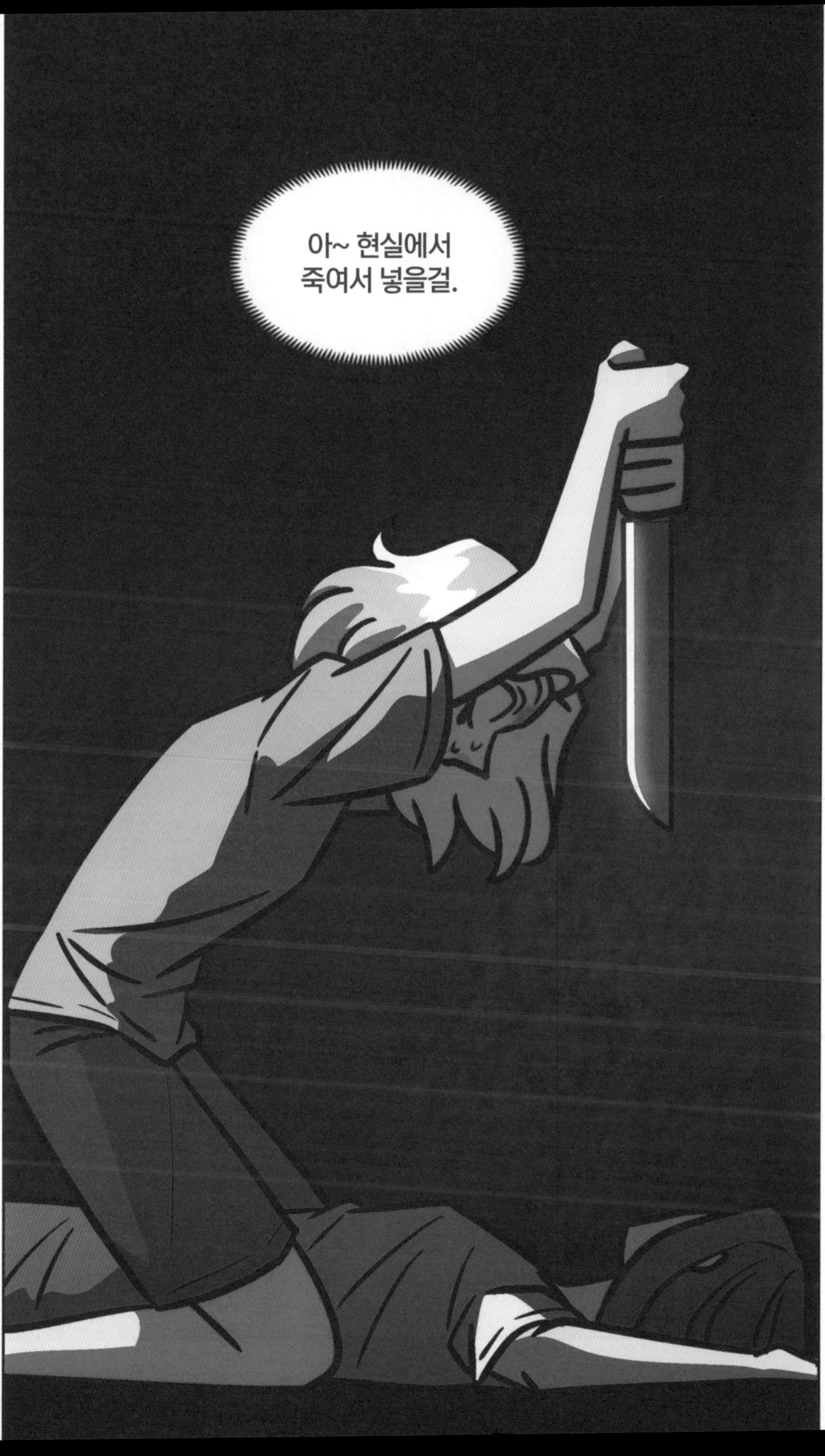
아~ 현실에서
죽여서 넣을걸.

그냥 서랍에 집어넣었다간

지금처럼 다시 서랍 밖으로 나올 수도 있어.

반드시 죽여서 넣어야 돼!

죽일 거야.

내가 너 죽여버릴 거야…!!

그… 그러니까 내가-

서랍
포기하겠다고
했을 때

곱게
보내줬으면
이럴 일
없었잖아!

아니, 첨에 내가
저 서랍 버리려고
했을 때

그냥 서랍만
가져갔으면
되잖아!

그럼 난 다시
회사도 다니고,

현재 씨랑
연애도 하고,

현실에서
행복하게 지냈을
텐데…!!

왜 자꾸
방해를 해!!

왜 자꾸 발목을
잡는 건데!!!

왜 자꾸 내 인생에
끼어드냐고,
이 미친X아!!!!

시궁창 인생 하나 없앤다고…

너 같은 거…

너 같은…

누가 알기나 할 것 같아?

죽일 거야.

죽일 수 있어.

죽이고 나서 서랍에 집어넣으면 돼!!

언니.

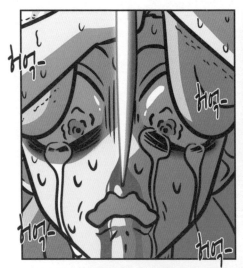

복권, 주식, 도박, 전부 망하고

XX!! 왜!! 왜 안 되는 거야!!!

왜 아무것도 안 맞는 거냐고!!!

아아악~

내가 있잖아,

남친이랑 살 때-

빚더미에 앉고서야 깨달은 게 있어.

우린 이 서랍을
못 이겨.

이 서랍은
과거, 현재, 미래를
전부 아니까.

나는 저쪽 패를
모르는데,

저쪽은
내 패를 다
안단 말이야.

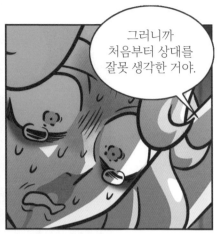

그러니까
처음부터 상대를
잘못 생각한 거야.

저 서랍이
카지노라면,

나는 일개
도박꾼일 뿐이고,

내가 이길
가능성이 있는 건

'다른 손님'
이었던 거야.

카지노가
아니라

처음엔 그냥
좀도둑질이었어.

이 근처에서
제일 비어있는 집이
어딘지 알려줘

그 집 현관
비밀번호 알려줘

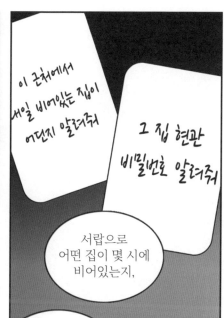

서랍으로
어떤 집이 몇 시에
비어있는지,

현관 비밀번호가
뭔지만 알아내면
되니까.

근데
너도 알겠지만,

저 서랍이
진실만 보여주는 게
아니잖아?

분명 빈집이래서
들어갔는데,

집주인이
있었네?

누…
누구세요?

지…
지금 당장-

결국 현실에서도 사람을 죽이게 됐다?

언니 근데, 그게…

서랍에서 사람 죽이는 거랑은 달라.

현실은
'진짜'라는 게
느껴진다고.

서랍 속에선

무슨 짓을
저지르든

'돌아갈 현실'이
있지만-

현실에서
사람을 죽이고 나면,

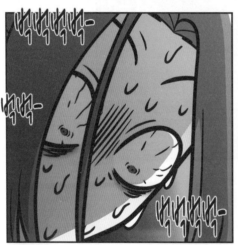

도망칠 곳이
없어.

언니.

난 이미
인생 끝났지만,

언니는
아니잖아.

언니 지금
나 죽이면,

언니도 이제
평생 서랍 속에서
살아야 돼.

사람 죽인 기억이
계속 떠올라서,

현실에선
맨정신으로 못 산단
말이야.

언니는
가족도 있고
남친도 있잖아.

어떻게 평생
저 서랍 안에서
살아.

언니, 이렇게 하자.

서랍에서 언니 남친 꺼낸 다음에,

나 서랍에 넣고,

테이프로 꽁꽁 감아서

바다에 던져줘.

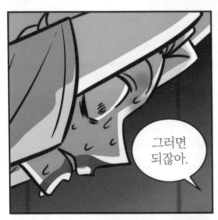

그러면 되잖아.

언니는 남친이랑 현실에서 행복하게 살고,

나는 서랍에서 행복하게 사는 거야.

난 진짜 저 서랍 안에서만 살면 돼.

난 원래부터 망한 인생이니까.

너 땜에
나까지 공범 돼서
감옥 갈 순 없잖아.

너도
감옥 가는 것보단
이게 나을 거야.

어제 니가
구해 온 돈은 내가
위자료인 셈 칠게.

아…
정말 범인이
서랍 안에 있구나!

그럼 이제 서랍만 없애면…

티…

… 팀장님?

빠드득

영수 너
이 X자식…!!!

14

넌 나랑
똑같은 인간이야

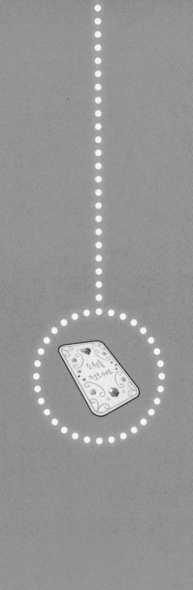

김 주임과 사귀는
사이였으니까?

그래서
차마 말 못 한
거야?

나경이는
돈이 없었어요.

그 자식이
돈이 있는 사람을
말하라고 했는데…

나경이는
빚밖에
없어서…

그 자식은
대체 누구야?!

어떻게
만난 거지?

저도 몰라요.

그냥 제가 기억나는 건…

그날따라 경마장에서 돈을 좀 따서

기분 좋게 돌아가는데,

저기요-

누가 부르길래 뒤를 돌아봤더니…

네?

갑자기 이상한 곳에 와있었어요.

어?! 어? 어어어?

이게 뭐야? 여기가 어디야? 뭐야, 이거?!

그렇게 그 텅 빈 공간에서,

한 15분 정도 혼자 있었는데,

갑자기 저랑 똑같이 생긴 남자가 나타난 거예요.

어어ㅡ

현금 이게 다야?

통장에는 얼마 있어?

팔랑ㅡ

어… 없어요!

오늘 딴 그 돈이 전부예요! 정말이에요!

경마랑 주식이랑 이것저것 하느라 다 날려서

저 진짜 빚밖에 없어요

그럼 월급날은
언젠데?

회사는 얼마 전에
그만뒀어요.

퇴직금으로
빚 갚으려고…

저 진짜 돈 한 푼도
없어요.

다 날렸어요~
그 돈이 다예요~

회사 다녔으면
아는 사람 많겠네.

가서
돈 빌려 와.

네?!!
그게 무슨…

저 그렇게
막 친한 사람도
별로 없고…

그래?
그럼-

돈 빌리러 가고 싶어지면 얘기해.

비… 비비… 비…

빌려 올게요!!!

당장 가서 돈 빌려 올게요!!

잘못했어요! 지금 바로 갈게요!

돈을 빌려 오라니…

일단 지금 이 상황만 모면하고,

경찰에 신고하면 돼!!

그래, 그럼.
한번 믿어볼게.

틱!!

어?!!

도… 돈
빌려 올게요!!!

빌려 오겠다고
했잖아요!!!

버둥-

버둥-

켁!

커억!!

알아.

허억!!!

!!

여긴 어디야?!!

뭐… 뭐야!!
내가 지금 죽었다가
살아난 건가?!!

저… 저기요!!!
저기요!!!

제가 방금
이상한 놈한테
돈을 뺏겼는데-

벌컥-

돈 빌리러
간다며?

이걸 몇 번이나
반복하고 나서야,

모든 걸
체념하게 됐죠.

시키는 대로
다 할게요.

도망도 안 치고,
신고도 안 할게요.

다른 사람한텐
말도 안 걸게요.

곧장
돈만 빌려서
가져올게요.

이번엔 진짜예요. 믿어주세요. 진짜예요.

내가 가져오라고 말한 금액보다 훨씬 적잖아!

가서 더 빌려 와!

떽!!

이것도 겨우겨우 빌린 거예요.

떽!

퍼억!

그렇게 돈을 있는 대로 빌려서 갖다 줬는데,

아무리 돈이 많아도,

누가 남한테 돈을 턱턱 빌려주겠어요!

그러니까 다들,

돈이 있는데도 안 빌려준 거란 말이지?

그럼 그중에
혼자 살고,

집에 아무도
안 찾아오는 사람이
있으면 말해봐.

네?

내가 원래는
말이야,

좀도둑질을
좀 하다 위험해서
그만두고,

그런 곳에
다니는 놈들은

갑자기
사라져도

주변 사람들이
의심을 안 하잖아?

근데 이런 짓도
꼬리가 길면
밟히니까-

제가 아는
사람 중에-

돈도
좀 있고,

자기 집에서
혼자 살면서,

특별히
찾아오는 사람은
없는

애초에 왜
저를 먼저
불러낸 거예요?

당연히 그 자식을
먼저 불렀어야
하는 거 아니에요?

왜 그 자식이
아니라,

저한테 먼저
복수하는 거예요?

팀장님.

지금 이게
팀장님의
본심이에요.

그 자식이
두려운 거죠?

팀장님이
겪었던 일을
생각하면

미칠 듯이
화가 나지만

정작
마주하기엔
무서우니까

대신 절 불러서
화풀이하는
거잖아요?

제가
그 자식한테-

팀장님을
알려준 것보다,

나경이를
알려주지 않은 게
화가 난 거죠?

아까 왜
나경이가 아니라

팀장님이냐고
물었잖아요.

팀장님은-

나경이가 대신
그런 일을 당하길
바란 거예요?

아냐!
그런 게!

난 그런 게
아니라…!!

그게 아니면
혹시…

팀장님이
그 자식한테 나경이를
알려줬어요?

그래서
저한테 화를 내는
거예요?

나경이를
먼저 알려줬다면,

제가
그 자식한테

적어도 팀장님이
나경이를 알려주지 않아도
됐을 테니까.

죄책감 때문에
괴로운 거예요?
아니면,

본인이 그런
인간인 걸 알게 된 게
괴로운 거예요?

팀장님.

솔직히
말해봐요.

여긴 아무도 없어요.

그... 그 자식이 누군지 궁금하고,

미칠 듯이 화가 나지만,

다시 만나고 싶지 않아.

두려워.

널 원망하면서도,

내가 똑같은 짓을 했다는 게 괴로워.

그 자식 때문에 생긴
끔찍한 기억도,

김 주임에 대한
죄책감도,

전부 너무
고통스러워.

팀장님이 지금 가장 바라는 건 뭐예요?

이 모든 기억을 전부 지워버리고 싶어.

그건 불가능한 일이에요.

현실에서는.

아~
너무 행복하다~

다시는 이곳에서
나가고 싶지 않아.

언니는 현실에서 남친이랑 행복하게 살고,

나는 서랍에서 행복하게 살면 되잖아.

어… 어떻게 하지?

어떻게 해야 해?!!

현실적으로 이게 제일 나은 방법 같긴 한데…

그렇지만… 서랍에서 현재 씨를 꺼내면,

현재 씨가 또 주임님을
꺼내자고 하겠지?

주임님을 꺼내면?

서랍을 순순히
버리게 놔두겠어?

게다가 지금
내 현실은?

난 이미 회사도 잘렸고,

현재 씨가 날 정말
사랑하는 것도 아니고,

현재 씨가 빚을 갚아준다고 해도
다시 생활비도 벌어야 하고,

취업 준비도 해야 하고…

이전 회사엔 서랍의 도움으로
들어갔지만,

서랍을 버리면
내 노력만으로 취업해야 돼.

그게 얼마나 걸릴까?

1년? 2년?

그동안
먹고 싶은 음식도
맘대로 못 먹고,

여행은
꿈도 못 꾸겠지.

그럼 뭐야…?

저 서랍을 버리면…

악!!!

이 XXX!!!

쿵!!

펑!!

내가
말했지?!

너 저 서랍
못 끊는다고!!!

아깐 서랍
필요 없다며!!

아깐
살려만 달라고
싹싹 빌어놓고,

악!!!!!

어, 계속 말해봐!

이빨 다 부러뜨려줄 테니까!!!

악!!!

아악!!!

야!

아아악!!!!!

너 내가
시궁창 인생으로
태어나서!

떡!!

현실에
만족을 못 해서!

못 배우고
막살아서!

떠억!!

유혹에 약하고
충동적이어서!

그래서
서랍에 중독된 거라고
생각했지?

야.

너 저 서랍 처음 쓸 땐

꼭 필요한 일에만 쓰고,

절제하면서 잘 쓸 줄 알았지?

근데 너 뭐 서○대 나왔어?

맨날 공부만 하고 전교 1등 했어?

헉-

헉떡-

헉떡-

아니면 뭐 올림픽 나가서 금메달이라도 땄어?

105

아니지?

공부하다가도
친구들이 놀자면
나가서 놀았지?

커억!!

꽈앗!!

시간 많아도
책 한 권 안 읽고
동영상 봤지?

화장실
갈 때도 휴대폰
못 내려놓지?

근데 X발,
네가 무슨 의지력으로
저 서랍을 끊어,
미친X아!!!

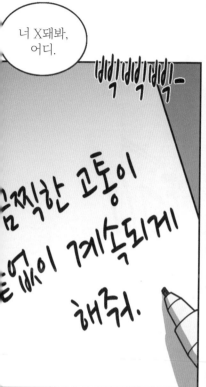

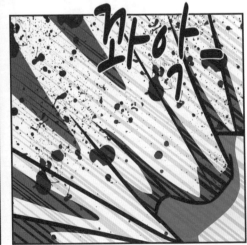

배고파!!

역겨워!!

토할 것 같아!

누가 끝없이
두들겨 패고

바늘로 찌르고
칼로 베는 것 같아!

그동안 살면서 겪었던
괴로웠던 일,

창피했던 일,
화났던 일들로
머릿속이 가득해!!

죽고 싶어!

차라리
죽여줘!!!

누가 날 좀
죽여줘!!!

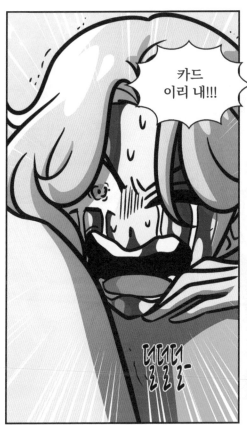

카드
이리 내!!!

타악!!

이 XXX이!!!!

끄윽-
끄으으윽!!!

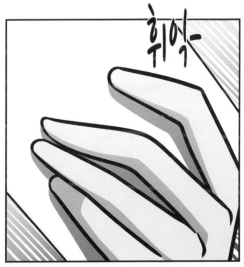

휘익-

카드를
억지로 뺏으려고 하면
카드가 찢어질 거야!!!

그렇다고
나가게 해달라는
소원을 쓰면

카드를 쟤가 가지고 있어서
쟤만 나가게 될 텐데!!

어…?

뭐… 뭐야, 이게…

왜… 왜 다시 기억이 돌아온 거지?

어… 어째서…!!

아아아악~

아아악~

다… 다시…!!

싫은 기억을 전부 지워달라고 써야…

현재 씨!!!!

재한테서 카드 뺏어요!!!

15

이 서랍에서
유일하게 남는 건

미안해요,
현재 씨.

제가 꼭 금방
다시 살려줄게요.

지금 그것 말곤 방법이 없어요!

거짓말이야!!!

쟤가 너 여기서 꺼내줄 것 같아?

널 꺼내면 네가 서랍을 뺏을지도 모르는데?

쟤는 널 속이고 있는 거야!

카드를 만들어낼 방법은 하나 더 있어!!

우릴 둘 다 죽이면 돼!

그럼 넌 나갈 수 있어!

네 여친은
그걸 알면서도
말 안 한 거야!

널
못 믿으니까!!!

널 여기서
꺼내줄 생각이
없으니까!!

네 여친은
우릴 전부 죽이고
이 서랍을 차지하려는
거라고!!!

쟤한테 서랍을
뺏길 바엔-

차라리 남친이
서랍을 갖는 게 나아!

아직 서랍 사용법을 잘 모르니까,

내가 다시 불러 나올
가능성이 있어!

131

아니에요! 현재 씨!!

절대 아니에요! 제발 믿어줘요!!

진짜 꺼내줄게요!!

진짜예요!! 제발요!!

이 두 사람을 죽이면 밖으로 나갈 수 있다고?!

현재 씨,
제가 나가자마자
곧바로
꺼내줄게요!!

진짜예요!!
제발 믿어줘요!!

아뇨.

우리 중
누가 서랍 밖으로
나가든,

아무도
다른 사람을 꺼내주지
않을 거예요.

우리 중
누가 서랍 밖으로
나가든,

결국 서랍 속에서
영원히 살게 될 거예요.

그 이유가
현실 도피였든,

단순한
오락이었든,

재수가
없었든 간에,

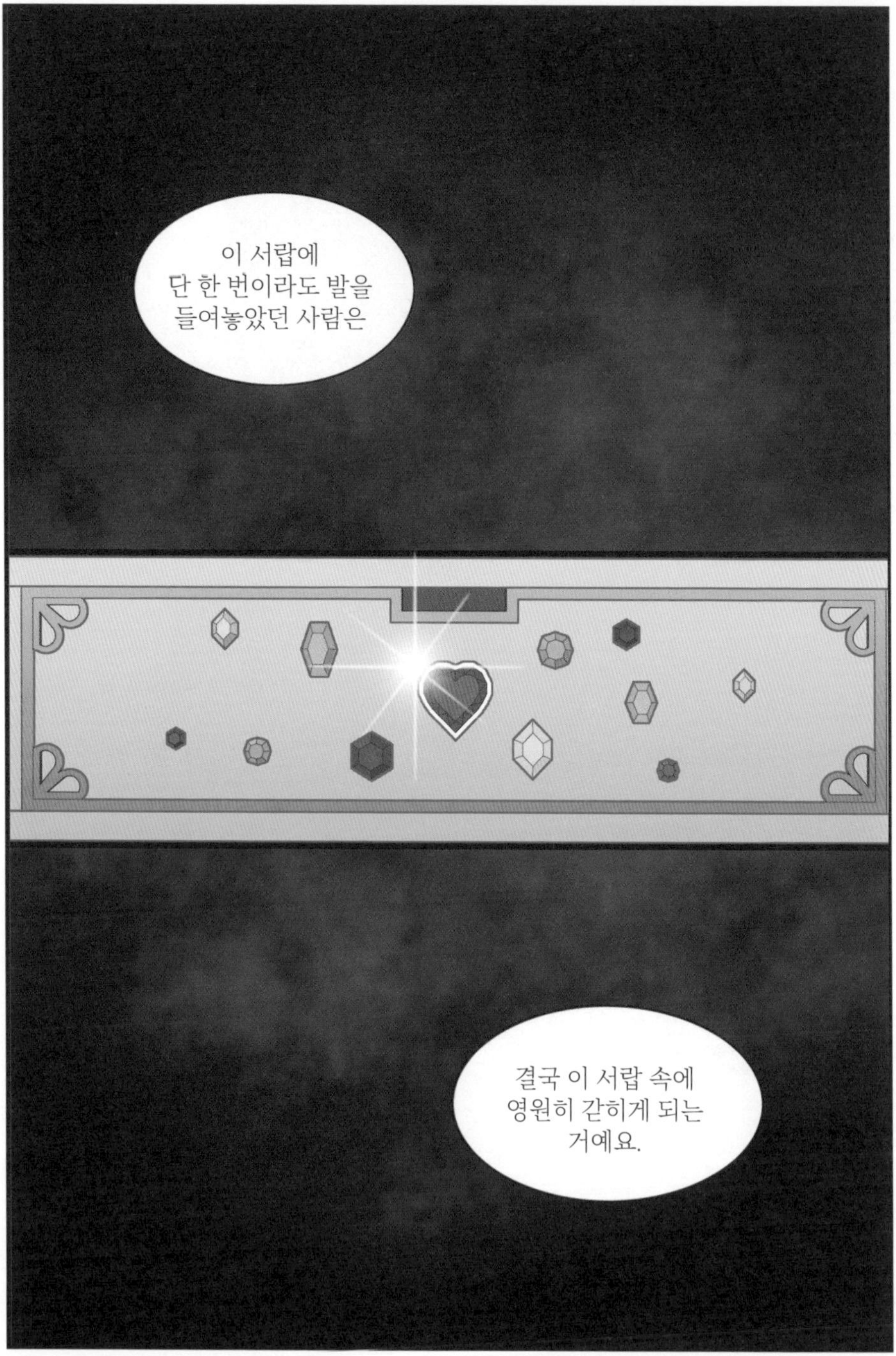

이 서랍에
단 한 번이라도 발을
들여놓았던 사람은

결국 이 서랍 속에
영원히 갇히게 되는
거예요.

제가 이 서랍이 놓친 유일한 사람이었던 거예요!

어쩌면…
이 서랍이
저를 찾으려고

니나 씨를
이용한 건지도
몰라요.

니나 씨.

절 죽이고,
밖으로 나가요.

전 두 사람을
죽이고 싶지도
않고,

현실에서
이 서랍에게
휘둘리고 싶지도,

평생 서랍 속에서
무의미하게 살고 싶지도
않으니까.

니나 씨도 결국은 서랍으로 돌아오겠지만,

전 이제 전부 상관없어요.

그러니 절 죽이고 여길 나가서

니나 씨가 원하는 소원을 쓰도록 해요.

그리고 다시는-

덜덜덜-

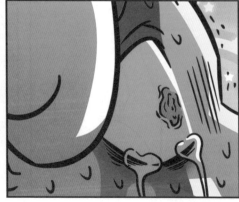

날 되살려내지
말아요.

아아…

아아아…

커헉?!!!!!

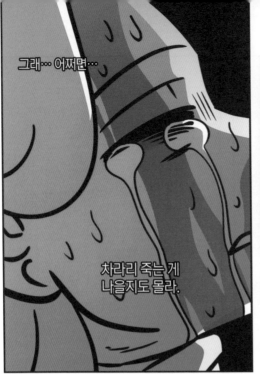

그래… 어쩌면…

차라리 죽는 게
나을지도 몰라.

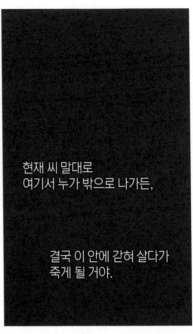

현재 씨 말대로
여기서 누가 밖으로 나가든,

결국 이 안에 갇혀 살다가
죽게 될 거야.

여기에서 시간을 보낼수록
현실은 엉망이 될 테니

엉망이 된 현실의
괴로움을 잊기 위해,

다시 서랍에
들어와야겠지.

처음부터 이 서랍을
줍지 말았어야 했는데!

아니, 카드에 소원을
써보지 않았더라면…

아니, 처음 밖으로 나왔을 때도
서랍을 버렸더라면!

처음 길에서 마주쳤을 때
갖다 버리기만 했어도!!

취업에 성공하고 나서라도!

복권에 당첨된 직후에라도!!

배우 이성빈 사망

톱스타 故 이성빈
하늘의 별이 되다.

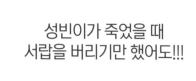

성빈이가 죽었을 때
서랍을 버리기만 했어도!!!

이제… 되돌리기엔 너무 늦었어…

하지만…

내가 이대로 죽으면…

야!!
네 남친도 니가
죽길 바라잖아!!

지금
너 죽게 놔둔 거
안 보여?!!

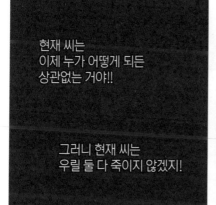

현재 씨는
이제 누가 어떻게 되든
상관없는 거야!!

그러니 현재 씨는
우릴 둘 다 죽이지 않겠지!

결국 내가
얘를 죽이지 않으면,

얘가 현재 씨를 죽이고,

서랍을 차지하게
될 거야!!!

쿵!!

아악!!!

얘 손에 서랍이 들어가면,
나도 현재 씨도,

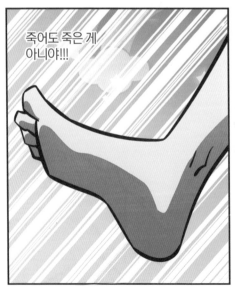

죽어도 죽은 게
아니야!!!

그야말로
죽지도 못하는
생지옥이라고!!!!

현재 씨는 서랍이 현재 씨를 찾으려고 날 이용한 거라고 말했지만,

그 말은 결국—

서랍이 날 선택했다는 거야!!

왜?!!

내가 서랍이 원하는 인간이니까!!

그래, 내가 처음 복권에 당첨됐을 때에도,

사실 그 큰돈을
'쉽게 벌었다는 게'
기뻤던 거야!

아무런 노력 없이
큰돈을 벌었다는 게!!!

왜냐면…

이미 무의식적으로…
내가…

성공할 만큼의 노력을
할 사람이 아니라는 걸
알고 있으니까.

내가 노력한다고
성공할 것 같지가 않으니까!!!

성적도 어중간,

별다른 특기도,
재능도 없고,

그러니 항상 마음 한편에서

대학교도
점수 맞춰서,

작은 회사로
취직을 못 해서
전전긍긍!!

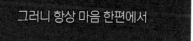

막연히 미래를
불안해하지.

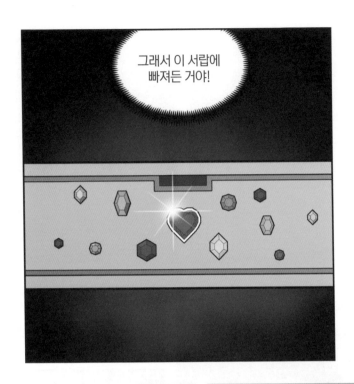

그래서 이 서랍에
빠져든 거야!

지금 당장 즐거운 일을 하면
불안이 잊히니까,

5분만 더,
10분만 더, 하면서
몇 시간을 날리고,

점점 더
자극적인 걸 찾으면서
점점 더 무뎌지고,

절제 없이 본능대로 행동하고,

1차원적인 쾌락만 추구하고,

결국 현실은 엉망이 돼서

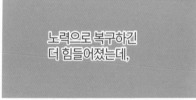

노력으로 복구하긴
더 힘들어졌는데,

그 결과에
책임을 지기는 싫고,

모든 걸 한 방에 만회할 요행만 바라니까!

그러니까 서랍이 날 선택한 거야!!!!

아아악!!!!

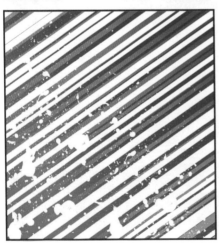

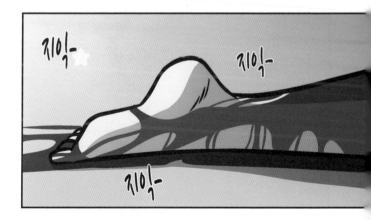

절 죽여요.

이 서랍에선
현재 씨가
나가야 해요.

왜
서랍이 현재 씨를
찾기 위해

현재 씨.

절 선택했는지
알았어요.

제가 타고난
재능도 없으면서,

노력도 안 하고,
의지도 약하고,

책임감도
없는 사람이라서
그런 거예요.

그러니
절 내보내봤자

반나절도 못 버티고
다시 들어올 거예요.

그러니까
현재 씨가 나가요.

그리고
저야말로-

다시는
되살려내지 말아요.

현재 씨.

전 지금 너무
고통스러워요.

제발 저를
죽여줘요.

절
위해서라도…

니나 씨.

인간은 누구나
자기가 꿈꾸는
환상이 있고,

잊고 싶은
과거가 있고,

도피하고 싶은
문제가 있어요.

그러니 서랍이 니나 씨가 아닌 다른 누구를 골랐어도

결과는 똑같았을 거예요.

저도 마찬가지예요.

제가 밖으로 나간다고 해도

저도 결국 이 안으로 돌아올 거예요.

그냥 이 서랍이 그런 거예요.

니나 씨.

전 니나 씨를 죽이고 싶지 않아요.

더 이상
고통스러운 기억을
갖고 싶지 않으니까.

하지만 지금
니나 씨가 너무
힘들어하니까,

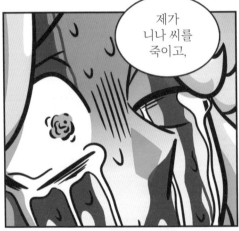

제가
니나 씨를
죽이고,

그 카드에
저도 죽여달라고
적을게요.

카드가 생기면,

이 서랍에서 유일하게 남는 건-

기억이야!

경험해본
기억!

현재 씨한테
이런 기억을 남기면
안 돼!!!

지금 이 서랍에서
남겨야 하는 건-

내가 만든 문제를
스스로 책임지는
기억이야!!!

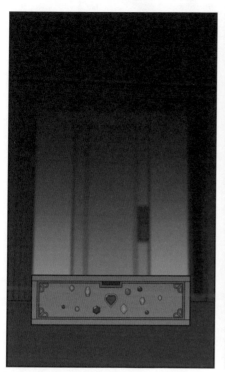

이 서랍 안에 있는
모든 잔짜를
밖으로 꺼내줘!!

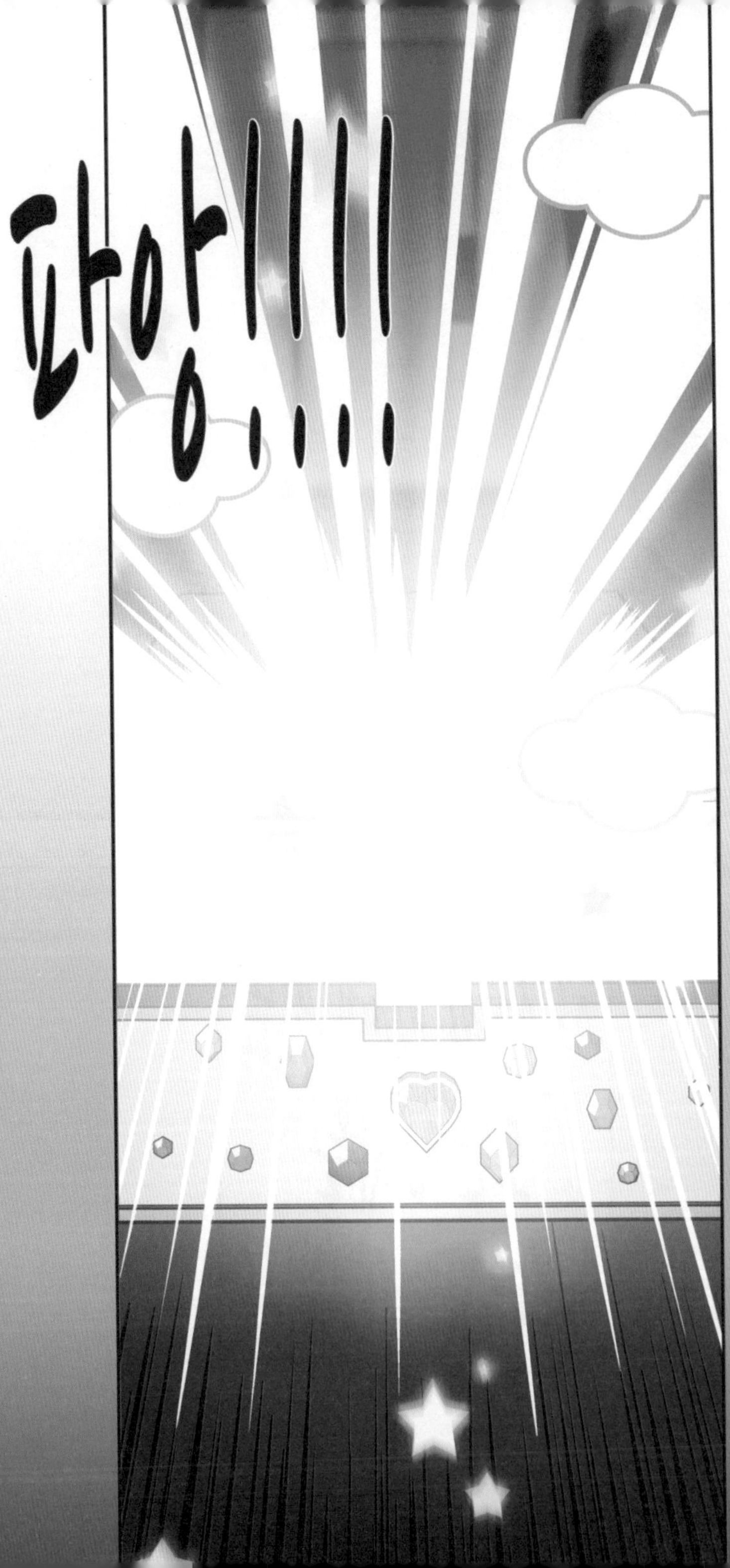
파앙!!!!...

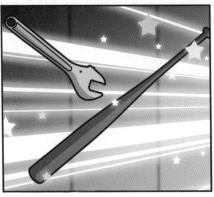

히익!!

주임님!!

뭐…
뭐야!!!

이게 뭐야?!!!

이 사람들
다 누구야?!
이게 대체… 악!!

꺄아아악!!!!!!!

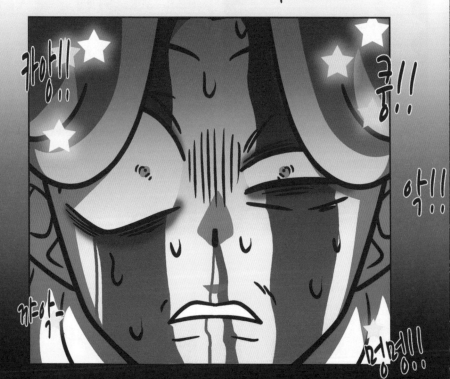

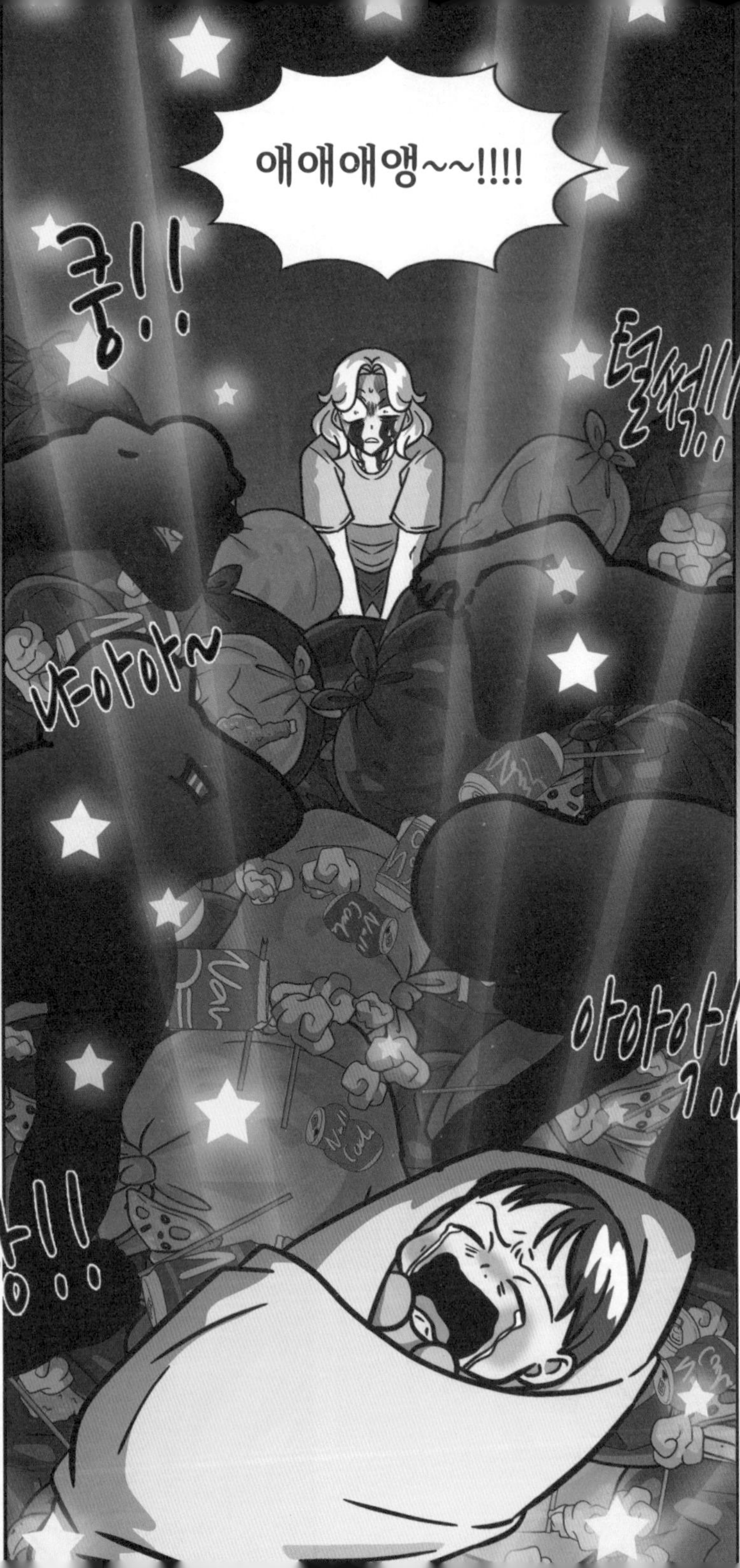
애애애앵~~!!!!
쿵!!
털썩!!
냐아아~
아아악!!!
쾅!!

전 이 서랍을 절대 못 끊을 거예요!

적어도 제 의지 만으로는요!

그래서 이런 상황을 만든 거예요!

저 서랍을 버릴 수밖에 없도록!

그러니까 이 서랍을 빨리 버려야 돼요!!

시간을 끌면 제 맘이 변할 거예요!!

아… 알겠어요, 니나 씨!

서랍 속에 들어간 걸
전부 꺼냈다고…?

그렇다면 그 녀석도…

아아아악!!!!

응?!

아악!!!

으아아-!!

하긴, 이 XX들 어차피 다 죽여야 돼.

삐익-

그 자식이다!!

두근-

두근- 두근-

쿠쾅-

저 자식이 틀림없어!!

분명해!

내가 상상했던 모습 그대로야!

쿠쾅-

쿠쾅-

어쩌지?

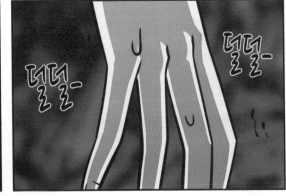

덜덜-

덜덜-

어떻게 하지?

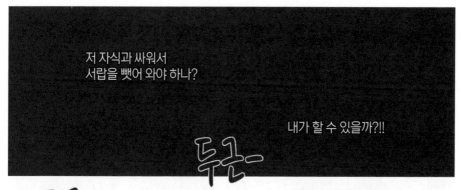

저 자식과 싸워서
서랍을 뺏어 와야 하나?

내가 할 수 있을까?!!

히이익!!
살려주세요!!!

이 XX가……!

죽고 싶어?!

크으…

오냐,
너부터 죽-

헉!!

입만 털지 말고
죽일 거면 빨리 죽여,
멍청아.

쿵!!

!!

어…?!

!!

어어…!!

어... 어...

너…

너…
이 XXX이…!

너지?!!
니가 날 서랍에
집어넣은 거지?!

어쩐지 술맛이
이상하더라니…!

콱!!

컥!!

그… 그러니까
경찰에 잡힐 짓은
하지 말라고 했잖아!!!

악!!!

이 XXX가!!!

어?

너…

힉?!

네?
왜… 왜요?

저…
저 아세요…?

전 처…
처음 보는데…

마… 말 걸지 마세요…

꽈악-

니나 씨!

휙-

일단 서랍부터 챙겨서-

휘익─

!!

배아ㅐ!!...

현재 씨!!!

쿵!!

서랍 챙겨서
나가요!!!

쿵!

허억-

허억-

헉-

헉-

허억-

이… 이제
어떻게 하죠?

이 서랍을
영원히 없앨 방법을
찾아야죠.

바다 같은 곳에
던져버리거나…

하아-

하아-

하아-

그…
그래요.

그럼 정말 이제
서랍을 완전히
버리게 되는 건가?

이게 정말
옳은 결정일까?

앞으로 내가
이 서랍 없이 살 수 있을까?

평생 없을 기회를
놓치는 건 아닐까?

그냥 좀 절제하면서,

현재 씨랑 번갈아 쓰면…

안 돼!
금방 또 이런 생각을!

니나 씨.

네?!

네?!!

16

밖으로

니나 씨.
우리 이 서랍 가지고
도망갈까요…?

쉬익-

네?!

뭐… 뭐지?

갑자기?

네…? 네?

날 시험하는 건가!?
아니면 진심?

아…
그게…

그…

날 떠보는 거라면
아니라고 말해야겠지만,

아…

만약 진심이라면?

저…

내가 서랍을
버리자고 하면
혼자 서랍을 가져가
버릴지도 몰라.

그…

혀… 현재 씨!!
피가!!

아, 이건
서랍에서 나온
거예요.

아무래도
남은 액체들이
있던 거 같아요.

주르륵-

제 질문에
대답 안 할 거예요?

네?

아…

니나 씨.

아…
그게…

그러니까…

뚝-

뚝-

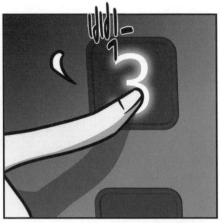

삐릭-

어?
3층은 왜 누르지?

니나 씨.

1층엔 아마
우릴 기다리는
사람들이 있을
거예요.

그러니 3층에서
내려서 사람들 뒤로
도망가죠.

아, 네!
그래요.

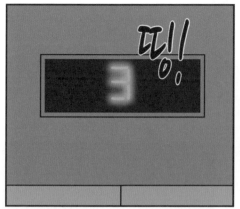

니나 씨.
전 아무래도

이 서랍
못 버릴 것 같아요.

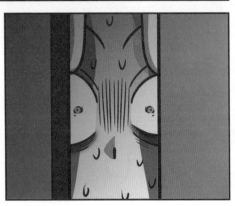

탁!!

혀…

현재 씨!!!!

야!! 이 XXX!!!

잡아!!

악!!!

시끌-

시끌-

역시 1층에 미리 내려와있는 사람들이 있었나?

탁탁탁-

저 새끼 잡아!!!

쫓아가!!!

217

혀… 현재 씨는
어디로 간 거지?!!

핏자국…!!!

이걸 따라가면…

덕분에
남친 편하게
죽였어.

언니,
고마워.

근데
언니는 남친한테
서랍 뺏겼나 봐?

!!

휘익-

악!!!

쳇!

탁탁탁-

어? 뭐야?
왜 안 쫓아오지?

나한텐
서랍이 없으니까?!

땅에 남은 핏자국을 보고
현재 씨를 쫓아가려는 거야!

어… 어쩌지?
막아야 하나?

따라가서
현재 씨를 도와야 하나?

니나 씨.
아무래도

전 이 서랍
못 버릴 것 같아요.

하지만…

안 돼!
안 돼! 안 돼!

당장 멈춰!!
그만둬!!

다들 계속 이렇게
쫓아오겠다면…

직접
눈앞에서 보여줘야
포기하겠지.

221

어... 어...
어...

봤지?
더 이상 서랍은
없어.

이제
어떻게 할래?

쿵!!

현재 씨…

성빈이는
정말 죽었어요.

저 서랍이 없으면
만날 수가
없어요.

우우웅-

괜찮아…!
괜찮아…!!

우우우웅-

그때도 부쉈지만
다시 되돌아왔잖아!

시멘트가
굳기 전에만 꺼내면 돼!

다행히 다들
이 사실을 모르고 있어.

아무도 서랍을
부숴본 적이 없는 거겠지.

아아아아-

내가 방금
현재 씨를 때린 건

엉엉-

단순히 서랍을 부순 일의
화풀이라고 생각하는 거야…!

그러니 지금 여기서
서랍을 복구시키면 안 돼.

당장 서랍을
뺏으려 들 테니까.

엉엉-

그렇다고 이걸
다른 곳으로 옮기면

날 수상하게
생각할 텐데.

어떻게 하지?
어떻게 해야 해?!!

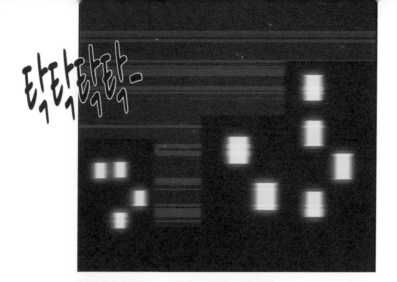

탁탁탁탁-

탁-

탁-

허억-

허억-

저는 아무래도
이 서랍 못 버릴 것
같아요.

어쩌지?!
어떻게 하지?!

대체
어떻게 해야…

죄송해요!!

돈은 다음에
드릴게요!!!

어어?!
저기요!!!
저기요!!

이게 전부예요?
일단 다 주세요!

네, 있는 거
전부 주세요.

타앗-

죄송해요!
꼭 갚을게요!!!

뭐야!! 야!!
거기 서!!!

그럼
어쩔 수 없이
경찰한테

언니도
내가 죽였다고
말해야겠네.

팅!!

경찰 온다는 거
거짓말인데~

오빠.
어쩜 좋아~

야,
이 XXX아!!!!!

휘익-

니나 씨…!

현재 씨!
빨리 밖으로
나가요!

주임님도
죽기 싫으면
나가요!!

알아요,
현재 씨.

하아-

하아-

걱정 말아요.

야!!

너도
밖으로 나가!!

243

여기서
타 죽기 싫으면!!

괜찮아.

불 붙여.

그 안에 든 게
뭔진 몰라도,

불 붙이면
네가 더
위험할걸?

불 붙여~

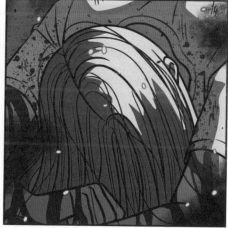

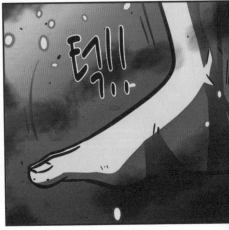

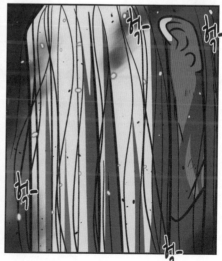

꺼억-

서랍…

서랍만…

꺼억-

꺽-

서랍만…!!

화르륵-

서랍만 가지고
나오면 돼!!!

화르륵-

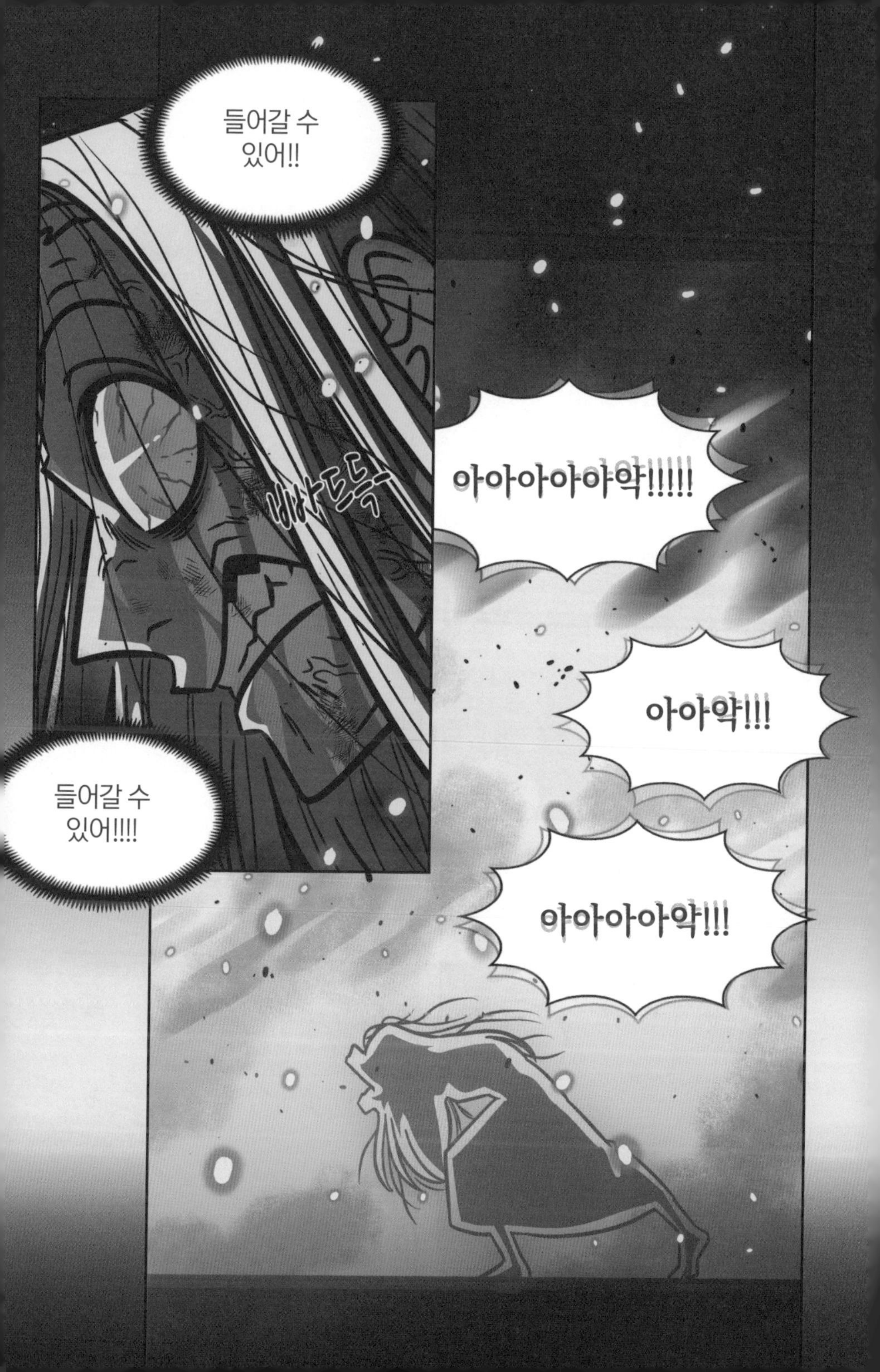
들어갈 수 있어!!
빠드득
아아아아아악!!!!!
들어갈 수 있어!!!!
아아악!!!
아아아아악!!!

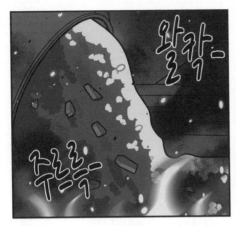

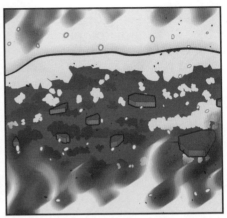

어…?

어……?

니나 씨,
전 아무래도

이 서랍
못 버릴 것
같아요.

그러니까
우리-

고마워 언니.
덕분에 남친 편하게
죽였어.

어? 뭐야?
왜 안 쫓아오지?

나한텐 서랍이
없으니까?!

어… 어쩌지?
막아야 하나?

따라가서
현재 씨를 도와야 하나?

하지만…

안 돼! 지금 당장은

휙―

우리 둘이
같은 공간에 있으면 안 돼!!

하지만 현재 씨가 위험해!

카드를 빨리 처리해야 돼!!!

어떻게 하지?

불로 태울까?

잘게 찢을까?

물에 적셔서 녹일까?

하지만 혹시라도
카드를 완전히 없애면

서랍에서 다시 생기는 게
아닐까?

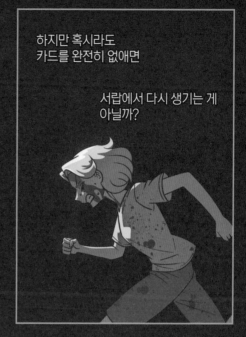

그럼 그냥 아무 데나
숨겨둘까?

그치만 만약 협박을 당해서
카드의 위치를 말할 수밖에 없으면
어떻게 하지?

아니, 그 무엇보다-

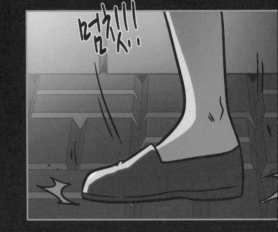

내 마음이 변하면
어떻게 하지?!

이 카드는
나조차도 모르는 곳에
숨겨야 해!!!

어…?

어…?

이…

이…

이 XXX아~!!!!!

카드!!!

카드!!!!!

허억-

허억-

허억-

카드
어디 있어!!!!!

시간을
투자하면-

아…
안 돼!!!

안 돼!!!

안 돼!!!

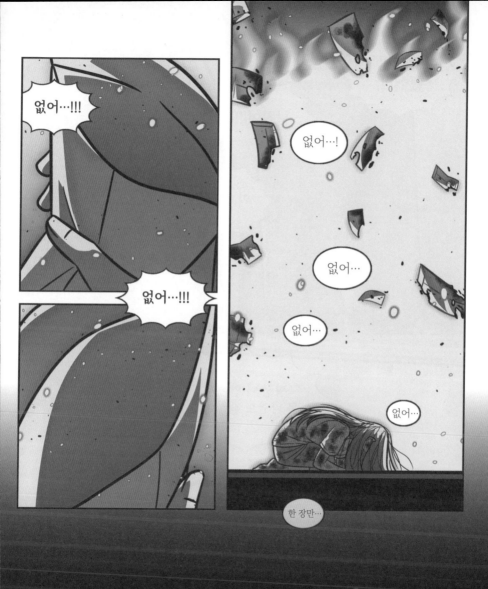

공주님.

공주님.

공주님
저와 춤을.

공주님.

공주님.

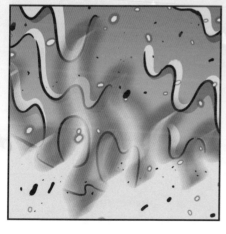

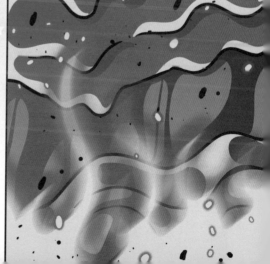

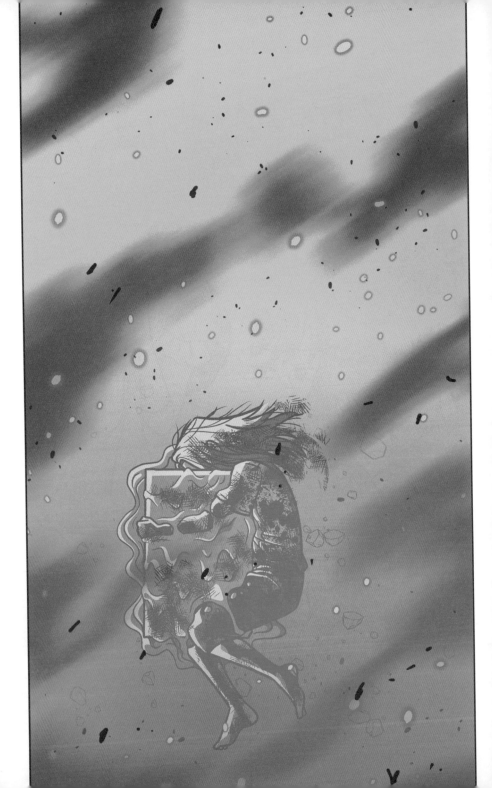

괜히 내가 바쁜데 방해한 거 아니야?

아뇨, 어차피 끝날 시간이었어요.

그럼 다행이고.

그냥 인사만 하고 가기엔 아쉬워서.

네, 저도 좋아요.

몸은 좀 어때?

이젠 많이 좋아졌어요.

꾸준히 치료받아야죠.

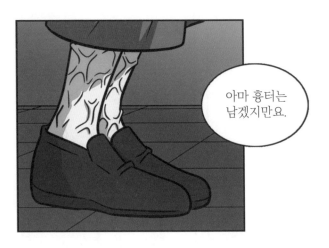

아마 흉터는
남겠지만요.

주임님은요?

그동안 어떻게
지내셨어요?

응?

에이~

이젠 둘 다
회사 나왔는데
무슨 주임님이야~

아무튼
나는 뭐~

이사도
하고~

회사도
옮기고~

아,
새로 옮긴 회사
이 근처야.

최근에 다시
취직했어.

집도
근처고.

아무래도…

그 집에선 계속
못 살겠더라고.

그때 난리도
아니었잖아.

시체도
엄청 나왔고,

쓰레기도
한가득 쌓였고…

죄송해요.
제가 주임님 집에서
꺼내는 바람에…

아냐 아냐. 내가 서랍 들고 가져간 건데…

나야말로 뭐에 홀렸었나 봐…

다 자업자득이지, 뭐.

아무튼 그때 경찰들 오고, 기자들 오고,

한동안 뉴스에서도 엄청 시끄러웠잖아.

그래서 그냥 이사했어.

저랑 현재 씨도 병원에서 엄청 시달렸어요.

아무리 그 서랍 때문에 벌어진 일이라고 말해도,

서랍이
그 여자랑 같이
녹아서 없어져
버렸으니

어떻게
증명할 수도
없고…

그러니까~

피해자들은

자기가
서랍에 들어간 줄도
모르다가

나와 보니
세월이 한참 지나있던
경우가 많아서,

내가 왜
갑자기 여기에
있지?!

지금이

○○○○년
○월 ○일 이라고?

막상
서랍에 대해선
잘 모르더라고.

정작
서랍을 쓰던
사람들은

전부
도망가 버렸으니까.

285

그래도 서랍에서 나온 사람들의

진술이 일관돼서 다행이었지.

그러게요.

니나 씨가 아니었으면

그 사람들도, 나도,

고마워.

거기에서 못 나왔을 거야.

에이~ 아니에요. 제가 다 사고 친 거죠.

아냐. 정말이야. 그 얘기 하고 싶어서 차 마시자고 한 거야.

거기 갓난아기도 있었잖아.

아!! 그 아기는 어떻게 됐어요?

아기는 다행히 친척들이 와서 데려갔어.

다른 실종자들도 대부분 가족한테 돌아가고.

그때 도망갔던 사람들이 어떻게 됐는지는

나도 잘 모르겠지만,

어쩌면 죽었을지도 모르지…

처음엔 나도 그러고 싶었으니까…

주임님…

근데 막상 서랍이 이 세상에서 완전히 없어졌다고 생각하니까

결국 현실을 살게 되더라?

아니, 살 수밖에 없었다고 해야 하나?

처음엔 모든 게 엉망진창이라 너무 막막했는데,

그냥 닥치는 대로 하나씩 해치우다 보니까

어느새 결국 다 끝이 나더라고.

오히려 덕분에 딴생각 안 하고 정신없이 보냈어.

아, 저도요.

현실을
받아들이고 나면,

결국은
어떻게든 결론이
나더라고요.

지금은
고시원을 구해서

낮엔 알바하고,
저녁엔 독서실
다니면서

취업
준비하고
있어요.

현재 씨가
많이 도와줬죠.

아니,
도와줬다기보단
혼냈다고 해야 되나?

니나 씨.

네?

지금은 현재 씨랑
어떻게 지내?

응~ 미영아.
방금 남은 돈
다 보냈어.

오래
기다려줘서 고맙고,
정말 미안해.

응~ 그래.
응응. 난 괜찮아.

그래.
다음에 보자.
응~

후우~
그래도 아직 한참
많이 남았네.

지선이 - 50만 원.
영주 - 40만 원.
혜영 - 35만 원.
미혜 - 45만 원.
카드값 - 400만

이걸 알바해서
어느 세월에
다 갚는담~

얼른 취업을 해야
남은 빚을
빨리 갚을 텐데...

291

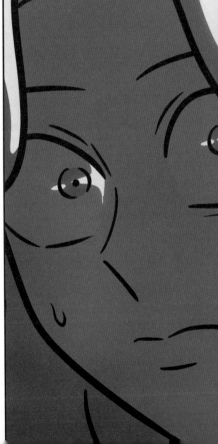

니나 씨.

니나 씨.

니나 씨!

아,
현재 씨.

뭐, 니나 씨가
빚진 건 스스로
갚겠다고 했으니까
협조는 하겠지만,

힘들면
언제든지 나한테
얘기해요.

내가 측은하게
바라봐줄 테니까.

측은함 반,
자연자득 반이라는
눈빛으로...

허어엉~~
가여운 니나 씨~

어휴~ 진짜!
열받게 하지
말아요!!

295

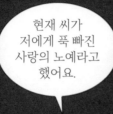

정말
최고의 인재죠!

우리에게
없어선 안 될
특별한 존재-

박 대리~!!!

짠~

일단
회사를 나온다는
점에서…

흐흑-

다들 왜 회사에
안 오는 거예요~

안녕하세요. 랑또입니다.
여러분의 은혜로 『니나의 마법서랍』을 무사히 마칠 수 있었습니다.
감사합니다.

『니나의 마법서랍』은 '중독'에 관한 만화입니다.
"중독은 인간을 어떻게 끌어들이는가?"
"인간은 '어떻게' 중독에 빠져드는가?"
"인간은 '왜' 중독에 빠지는가?"
"우리는 중독에서 어떻게 벗어날 것인가?"
-라는 주제로 만화를 그려봤습니다.

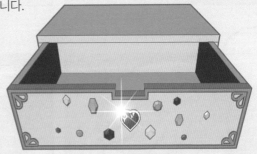

술, 담배, 마약, 도박 같은 대표적인 중독 요소들뿐만 아니라
니나의 원초적 욕구와 요행을 바라는 마음, 공주의 현실도피성 망상,
현재의 트라우마와 불안감 해소 욕구, 김 주임의 애정결핍성 집착 등
인간을 중독시키는 다양한 요소들을 전부 종합해서 만들어낸 것이 바로
이 '마법서랍'입니다.

서랍의 외형은 '카지노'를 모티브로 만들었는데,
마치 마법소녀 아이템처럼
주인공에게 꿈과 환상을 선사할 것처럼 생겼지만
정작 서랍 속에 있던 '진짜'는
이런 것이었죠.

 '니나'는 '보통의 인간'을 상징하는 인물입니다.

 '진현재'는 이름 그대로 '진짜 현재'를 의미하고,

 '곰주'도 이름처럼 '비현실적인 망상'을 의미하는 인물입니다.

이 만화는 평범한 인간인 니나가 현실에서 비현실로,
그리고 다시 비현실에서 현실로 돌아오는 과정을 그린 것입니다.

우연히 서랍을 발견한 니나는
처음엔 현실적이고 소박한 소원을 빌었지만
곧 서랍 속 환상을 즐기러 서랍에 들어가게 되고,
그 뒤로는 점점 망가져가는 현실을 만회하기 위해,
이미 망가져버린 현실에서 도피하기 위해
서랍에 들어가죠.

현재는 이 만화 전체의 현재이자
니나의 현재인 인물입니다.
현실의 진현재는 서랍 속 현재에 비해
겉모습도, 성격도 단점이 훨씬 두드러져 보이지만,
서랍 속의 현재는 진짜 현재의 단점이 전부 제거된
환상적인 모습을 하고 있습니다.
밝은 모습을 한 서랍 속 현재와는 달리
진짜 진현재는 과거의 트라우마에 시달리고
미래를 불안해하며 살고 있죠.
우연히 니나에게 서랍이 있다는 걸 알게 된 현재는
본인이 과거에 겪었던 사건의 실마리를 찾고자
니나에게 접근합니다.
현재는 니나와 가까워지기 위해 니나에게 무척
잘해주지만, 니나는 현재와 서랍 사이에서
끝없이 갈팡질팡합니다.

현실 속 현재의 집이 텅 빈 이유는
현실의 니나가 아무것도 가진 게 없기 때문입니다.

현재는 니나가 원한다면
이 안에 앞으로 뭐든지 들여놓을 수 있다고 말하지만,

현재가 모든 걸 다 이뤄준다고 해도 채울 수 없는
비현실적인 환상이 서랍 안에 있기 때문에
니나는 서랍 속에 빠져 살게 됩니다.

그렇게 서랍의 유혹을
이기지 못한 니나는
결국 공주와 똑같은 사람이
되고 맙니다.

공주는 서랍을 형상화한 인물로,

니나를 정말 진절머리 날 만큼 따라다닙니다.

이러한 모습은 그만큼 중독의 유혹이

인간을 끝없이 따라다니면서

파멸로 이끌고자 함을 의미합니다.

후반부에서 공주는

니나를 현재에게서 끌고 가려 하고,

모든 걸 체념한 현재는 니나를 포기하게 되는데,

현재마저 자신을 포기하고 나서야

니나는 자신이 포기하면 현재도 함께 죽는 것이며,

결국 현재를 구할 수 있는 건 자신뿐이란 걸

깨닫습니다.

이 만화에는 피가 많이 나오지만 제가 직접적으로 잔인한 장면을 묘사한 적은
거의 없는데, 유일하게 적나라하게 묘사한 부분이 바로 이 구간입니다.

니나의 발목을
끈질기게 물고 늘어지던
중독의 유혹을
니나가 기어이 떼내고야
마는 순간이죠.

니나는 피로 길을 만들며
현재에게 되돌아갑니다.

그리고 서랍 속 모든 진짜들을
현실로 되돌려놓죠.

현재는 자신이 두려워했던 불안의 실체가
상상과는 달리 너무나 보잘것없는 것이었음을
깨닫게 되고,

니나는 개인의 의지력엔 한계가 있음을 깨달아
두 사람은 서둘러 서랍을 버리기로 합니다.

그리고 각각
서랍을 쓸 수 없는
상황을 만들어
서랍을 없애는 데
성공하죠.

인물들은 최후의 단계에서
환상과 현실의 기로에
서게 되는데,

공주는 환상에게로,

김 주임은 주저앉고,

니나는 현재에게로
되돌아옵니다.

그렇게 니나는
발목에 상흔을 남긴 채
현재에 충실하려 노력하며
일상을 살아가게 되죠.

이 만화는 개인의 강력한 의지로
중독을 이겨내자는 이야기는 아닙니다.
기본적으로 그런 부담스러운 메시지를
주고 싶지 않기도 하고,
그게 실제로 효과적인 방법이라고
생각하지도 않습니다.
오히려 문제 해결을
개인의 의지에 의존할 게 아니라,
자신을 통제할 수밖에 없는 '상황'을 만들어서
해결해야 한다는 이야기입니다.
의지력이란 결국 소모된다는 걸 인정하고,
보통 사람은 그 지속 시간이 짧은 경우가
대부분이기 때문에 처음 다짐한 기세를
끝까지 유지하려고 애쓰기보다는
의지력이 잠시라도 생겼을 때
자신이 목표를 이룰 수밖에 없는 상황을
만들어둬야 한다는 이야기지요.
결국 이 만화는 자신의 현실을 직시하고
목표를 바른 곳에 두는 것,
그리고 현실에서 목표를 향해 나아가기 위해선
개인의 의지뿐만이 아니라 나아갈 수밖에 없는
시스템을 구축해두는 것이 좋다는
이야기였습니다.

개그만화를 그릴 땐 "좋아! 사랑하는 독자들에게 웃음을 주자!"

이런 마음으로 보람차게 작업했는데,

공포, 스릴러 장르를 그리게 되면

-라는 생각이 들기 때문에

무척 아이러니한 기분으로 작업하고 있습니다.

작가로서 만드는 재미는 있습니다만, 매번 송구스럽습니다.

그동안 정상적인 만화 그리느라 세월을 너무 많이 보냈는데,

차기작은 다시 본업으로 돌아가볼까 생각 중입니다.

그때에도 다시 만나 뵙길 고대하겠습니다.

그동안 『니나의 마법서랍』을 사랑해주신 분들께 진심으로 감사드립니다.

여러분 왕 사랑!

우리 존재 파이팅!!!

니나의 마법서랍 ❹

지은이 | 랑또

초판 1쇄 인쇄일 2022년 8월 1일
초판 1쇄 발행일 2022년 8월 16일

발행인 | 한상준
편집 | 김민정, 강탁준, 손지원, 최정휴, 정수림
디자인 | 김경희
마케팅 | 이상민, 주영상
관리 | 양은진

발행처 | 비아북(ViaBook Publisher)
출판등록 | 제313-2007-218호(2007년 11월 2일)
주소 | 서울시 마포구 연남동 월드컵북로6길 97(연남동 567-40) 2층
전화 | 02-334-6123 전자우편 | crm@viabook.kr
홈페이지 | viabook.kr

ⓒ 랑또, 2022
ISBN 979-11-91019-81-0   04810